AF460492

PRÉCIS HISTORIQUES,

DE L'ENSEIGNEMENT

CLASSIQUE ET CHRÉTIEN

DU XVIIe SIÈCLE.

Par Arsène Cahour,

DE LA COMPAGNIE DE JÉSUS.

[Extrait de l'ouvrage intitulé : *Des études classiques et professionnelles*.]

COLLECTION DE

BRUXELLES.

LIB. DE H. GOEMAERE, SUCC. DE VANDERBORGHT,

Marché-aux-Poulets, 26.

—

1852

20e livraison. — 2e d'octobre.

DE L'ENSEIGNEMENT
CLASSIQUE ET CHRÉTIEN
DU XVIIe SIÈCLE,

Par Arsène Cahour,

DE LA COMPAGNIE DE JÉSUS.

(Extrait de l'ouvrage intitulé : *Des études classiques et professionnelles*.)

BRUXELLES,
LIB. DE H. GOEMAERE, SUCC. DE VANDERBORGHT,
MARCHÉ-AUX-POULETS, 26.

1852

APPROBATION.

Ayant fait examiner l'opuscule : *De l'enseignement classique et chrétien, par Arsène Cahour, S. J.*, nous en permettons l'impression.

Malines, le 1er *octobre* 1852.

P. CORTEN, *Vic. Gén.*

DÉPOSÉ.

Imp. de J. Vandereydt, rue de Flandre, 104.

DE L'ENSEIGNEMENT

CLASSIQUE ET CHRÉTIEN

DU XVIIe SIÈCLE (1).

I.

Pour exposer dans tout son jour l'enseignement classique et chrétien, nous ferons l'examen des colléges qui se conformèrent aux injonctions de l'Église, au XVIe siècle, et nous demanderons deux choses : premièrement, si leurs programmes littéraires furent assez chrétiens, et s'ils pourraient encore nous suffire; secondement, si nous pouvons nous dire héritiers de leurs méthodes.

(1) Une polémique très-vive s'est engagée en France au sujet de l'emploi des auteurs païens dans les cours d'humanités. Le père Cahour, de la Compagnie de Jésus, a défendu, avec beaucoup de talent et d'érudition, la méthode suivie dans les colléges catholiques. Nous reproduisons, avec la permission de l'auteur, cette remarquable apologie, extraite de son ouvrage intitulé : *Des études classiques et des études professionnelles.* (*Note de l'éd. belge.*)

Le xviie siècle va d'abord nous occuper. Le concile de Trente, par ses décrets qui réformèrent les écoles catholiques, en 1546 et 1563, a partagé le xvie siècle en deux : la première moitié appartient à la Renaissance classique dans sa fougue; la seconde nous montrera la Renaissance classique modérée par l'Église. Cette époque doit donc s'étendre depuis la réformation de l'enseignement classique jusqu'à sa décadence, c'est-à-dire depuis 1546 jusqu'à 1760 à peu près : voilà ce que nous appelons le xviie siècle des écoles chrétiennes. A l'une des deux extrémités de cette période littéraire se trouvent les règlements du concile de Trente; à l'autre, ceux de l'Encyclopédie, signés par d'Alembert.

L'époque limitée, déterminons les programmes que nous allons étudier et la nature de l'examen auquel la question présente nous oblige.

De quoi s'agit-il? De savoir s'il faut renoncer à l'enseignement classique du siècle qui a immédiatement suivi le concile de Trente. Mais cet enseignement a nécessairement varié avec les corporations enseignantes. La France avait autant d'universités laïques, indépendantes les unes des autres, que de provinces, et, de plus, des collèges de la Doctrine chrétienne, de l'Oratoire, de chanoines réguliers du Sauveur, de bénédictins et de jésuites.

Je ne parlerai que des derniers, et parce qu'ils doivent m'être plus connus, et parce que l'examen de leurs programmes peut abondamment suffire à la solution de la difficulté qui nous préoccupe.

L'étude d'un seul programme serait insuffisante s'il fallait justifier l'enseignement du XVIIe siècle tout entier; mais la question principale, la question pratique n'est pas dans l'apologie de toutes ses écoles. On demande si, en suivant les méthodes classiques du XVIIe siècle, nous pourrons enseigner chrétiennement les chefs-d'œuvre du paganisme, faire étudier suffisamment la littérature du christianisme. Or, pour répondre à cette double question, n'est-ce pas assez que d'examiner celui des programmes classiques de cette époque qui est le plus ancien, qui fut le plus répandu, qui, dicté par un saint dont personne ne conteste le zèle et la sagesse, fut développé par trois siècles d'expérience et d'apostolat, fut enfin recommandé par l'Église? Si celui-là répondit aux exigences du passé, s'il répond encore à celles d'aujourd'hui, nous pourrons l'admettre en attendant que d'autres études historiques nous en révèlent de meilleurs, ou qu'une nouvelle expérience en ait élaboré de préférables.

Le programme classique de saint Ignace est le

plus ancien que nous connaissions depuis les décrets du concile de Trente qui réformèrent l'enseignement catholique. Ces décrets sont de 1546 et de 1563, et ce programme fut imprimé dès 1558, deux siècles avant celui de l'université de Paris, rédigé par Rollin sous le titre de *Traité des Études;* un siècle et demi avant le *Traité des Études monastiques* de Mabillon, à l'usage des bénédictins, et de la *Méthode d'enseigner et d'étudier chrétiennement les lettres humaines par rapport aux lettres et aux Écritures,* que Thomassin écrivit pour les colléges des Oratoriens (1).

(1) Le traité de Rollin parut en 1740; celui de Mabillon, en 1691; la méthode de Thomassin, en 1672. Le programme des études de la Compagnie de Jésus a deux époques différentes, qu'il faut distinguer. Sa substance parut en 1558 dans la quatrième partie des *Constitutions*, où saint Ignace traite des colléges. Cette base de l'enseignement littéraire et chrétien fut le fondement du *Ratio studiorum*, qui, rédigé de 1584 à 1593, sous le généralat du P. Claude Aquaviva, fut revisé et sanctionné par les décrets de la cinquième et de la sixième congrégation générale de l'ordre, qui se tinrent en 1593 et 1608. Il ne faut pas confondre ces règlements, qui font partie de l'*institut* même de la Compagnie de Jésus, avec les méthodes d'enseignement qui les interprétèrent. Ainsi le *Ratio discendi et docendi* du P. Jouvency, le *Parænesis ad magistros scholarum inferiorum* du P. Sacchini, les *Réflexions sur l'enseignement des belles-lettres* du P. Judde, l'*Instruction pour les régents* du P. Tournemine, ne font pas partie de l'*institut,* dont ils développent les règles et l'esprit. Voyez l'*Histoire de la Compagnie de Jésus,* par M. Crétineau-Joly, tome IV, ch. 3, *de l'Education des Jésuites* (édition de 1851).

De tous les programmes littéraires du XVIIe siècle, celui de la Compagnie de Jésus fut aussi le plus répandu. Jugeons-en par le nombre de ses colléges ; elle en eut six cent soixante-neuf à la fois dans toutes les contrées du monde ; en France, elle en dirigea quatre-vingt-huit. L'université de Paris, la plus considérable des universités du royaume, n'en comptait qu'une cinquantaine, dont dix seulement étaient de plein exercice ; les oratoriens n'en eurent que cinquante-quatre avant la suppression des jésuites ; les chanoines réguliers du Sauveur n'en dirigèrent que trente, et les bénédictins de la congrégation de Saint-Maur, la plus célèbre de leur ordre, en avaient ouvert seulement dix. Il faut donc convenir que l'influence du programme de la Compagnie de Jésus demande une étude particulière de son économie classique et morale.

La sanction de ce programme au XVIIe siècle et sa réprobation au XVIIIe réclament encore plus cet examen. Rappelons-nous qu'il ne fut pas au goût des jansénistes et des philosophes, qui le déchirèrent ; qu'approuvé par le saint-siége, avec l'institut où il se trouve, il fut de nouveau reconnu chrétien par la bulle de Pie VII, qui, en 1814, rendit l'enseignement à la Compagnie de Jésus, sans rien changer à ses méthodes. Ajoutons enfin qu'après le concile de Trente la congrégation des cardinaux, qui fut chargée de l'interprétation des décrets de cette auguste et sainte assemblée, recommanda l'enseignement que nous allons étudier; preuve évidente qu'elle le trouvait conforme aux injonctions de l'Église.

La question proposée dès le début est de savoir si cet enseignement fut assez chrétien, et s'il pourrait encore nous suffire. On a répondu négativement; et tout ce qu'une bienveillance sincère a pu trouver pour excuser une société d'apôtres a été de dire : 1° qu'elle a subi cet enseignement malgré elle et en protestant contre lui; 2° qu'en *expurgeant* les auteurs païens avec plus de zèle que les autres, elle a *rendu un peu moins nuisible à la jeunesee cette pâture des démons, comme l'appelle saint Jérôme;* 3° que dans cette cruelle nécessité, subie par l'Église elle-même, elle a *dédommagé l'Église en allant lui conquérir dans les Indes et dans le nouveau monde des milliers d'enfants, à la place de ceux que le paganisme ressuscité lui enlevait en Europe* (1).

Nous répondrons à ces trois assertions que saint Ignace, en adoptant l'usage des classiques païens, n'adopta pas leur enseignement païen; que dans cette adoption il fut libre; qu'en ordon-

(1) *Lettres* à monseigneur Dupanloup, p. 188, 207-209.

nant de les *expurger* il ne prétendit pas les rendre *un peu moins nuisibles*, mais complétement inoffensifs. Cette thèse générale servira de préambule à l'étude pratique et détaillée de son programme.

Il est un principe éternel de morale, vrai au temps de saint Ignace comme au nôtre : on ne peut faire le mal pour procurer le bien. Si donc enseigner les auteurs païens avait été enseigner même un peu de paganisme, croyons que saint Ignace et l'Église n'auraient pas subi cette nécessité. Or, ce saint fondateur de six cent soixante-neuf collèges, se conformant aux conciles de Latran, de Trente, de Cologne et de Narbonne, tenus de son temps, adopta l'étude de la *grammaire* ou des *belles-lettres* fondée sur la littérature des païens; donc l'usage des classiques païens et l'enseignement du paganisme étaient deux choses distinctes dans son appréciation comme dans celle de l'Église. Cessons donc de confondre, comme on l'a fait depuis un an, l'enseignement du paganisme avec celui de la littérature païenne. L'Église a cru à leur différence depuis trois siècles, que dis-je! depuis dix-huit siècles, puisqu'elle n'a pas cessé de permettre les classiques païens *expurgés*, interprétés par des maîtres chrétiens; nous pouvons donc y croire encore aujourd'hui. La nature des choses n'a point varié : si celle des maîtres et des écoles a changé, réformons l'esprit des maîtres et des écoles.

Mais qu'a-t-on pu alléguer pour nous prouver que l'Église et les saints avaient subi, malgré eux, l'usage des classiques païens *expurgés?* Des textes des saints Pères, et les protestations énergiques du P. Possevin, à la fin du XVIe siècle, du P. Grou, à la fin du XVIIIe.

Nous ne devrions plus parler des saints Pères : ils ont blâmé les abus de la lecture des païens, et non pas l'étude prudente de leurs chefs-d'œuvre : on l'a démontré jusqu'à l'évidence (1); et un nouveau travail de M. l'abbé Leblanc vient de jeter plus de jour encore sur cette question (2).

Qu'a donc dit le célèbre P. Possevin, dont le nom vient d'acquérir tant d'autorité dans cette polémique? Il foudroya, dit-on, l'usage des classiques païens dans un discours adressé aux magistrats de Lucques. En vérité, cette objection ne vaut pas la peine d'être réfutée, tant l'anathème prétendu de l'orateur est en désaccord

(1) *Des études class. et prof.*, p. 114 et suiv.

(2) *Essai historique et critique sur l'étude et l'enseignement des lettres profanes dans les premiers siècles de l'Eglise.* — *Traité des études monastiques,* partie II, ch. XI, p. 268 et suiv. (Paris, 1691).

avec sa doctrine longuement, savamment expliquée dans le plus célèbre de ses ouvrages, intitulé : *Bibliothèque choisie* ou *Traité des études pour l'avancement des sciences et pour la sanctification des peuples.* Un mouvement oratoire ne tiendra jamais contre un traité, et, de plus, cette harangue n'a pas et ne peut pas avoir le sens qu'on lui donne. L'importance de cette difficulté nous paraît trop secondaire pour la résoudre ici.

Quant au passage du P. Grou, qui, dans sa *Morale tirée des Confessions de saint Augustin*, affirme que *notre éducation est toute païenne*, remarquons, en premier lieu, que ses pages furent imprimées en 1786, plus de vingt ans après la suppression du programme de sa Compagnie; en second lieu, que le spectacle des désordres d'une société dont Voltaire et ses disciples étaient devenus les maîtres a pu lui arracher des exagérations historiques; qu'enfin il ne conclut pas au bannissement des auteurs païens, mais à la réforme des colléges et des professeurs, et surtout à celle de la philosophie et de la théologie, où le philosophisme et le jansénisme avaient pénétré.

Ce qui nous occupe, c'est de savoir si saint Ignace fut libre dans le choix des classiques païens, ou s'il fut obligé de céder à l'enthousiasme littéraire de la Renaissance; si, en adoptant ces classiques, il les rendit tout à fait inoffensifs ou seulement moins nuisibles; s'il sépara l'enseignement dogmatique et moral du paganisme de l'enseignement littéraire des auteurs païens. Or, sa sainteté, qui ne peut être en contradiction avec les principes de la morale, son programme lui-même, qui met la gloire de Dieu, le salut des âmes et la pureté du cœur avant tout, tout nous oblige à penser qu'il n'a pas pu vouloir autoriser sa Compagnie à faire le mal pour en tirer du bien, à se livrer à l'enseignement du paganisme amoindri, c'est-à-dire à faire boire elle-même aux enfants moins de poison dans ses classes pour les détourner d'en boire ailleurs davantage. Autre chose est de tolérer chez les autres le mal qu'on ne peut empêcher; autre chose est d'y coopérer soi-même pour en arrêter les excès. L'un peut être quelquefois permis, l'autre jamais.

Ignace envoyait une partie de ses fils au martyre parmi les idolâtres du nouveau monde; assurément il ne prescrivit pas à l'autre de se prêter un peu au paganisme de l'ancien. C'est en vérité faire de lui et de son ordre un singulier éloge que de les montrer dédommageant l'Église dans les Indes et dans l'Amérique de la perte des générations à laquelle ils contribuaient en Europe par la résurrection du paganisme.

Dira-t-on qu'on argumente par les faits et non par les intentions; qu'Ignace et sa Compagnie se sont innocemment trompés (1)? Chez eux, en effet, cette erreur innocente n'était pas impossible. Mais l'Église, gardienne des mœurs et des croyances de l'Europe, aurait-elle pu se tromper dans une affaire aussi grave? Aurait-elle, pendant trois siècles, fermé les yeux sur un système d'enseignement destructeur du christianisme? aurait-elle canonisé le plus célèbre organisateur d'un paganisme mitigé? que dis-je! aurait-elle pu prononcer sans restriction aucune, dans la bulle qui le mit sur les autels et le donna pour modèle au monde chrétien, que Dieu l'avait suscité pour l'opposer, avec son ordre, aux *pestes* de son temps? aurait-elle mis au nombre des services qu'il rendit au catholicisme *ses colléges, ses classes de grammaire et de belles-lettres* (2)? Non, si le programme des

(1) « Nos devanciers des trois derniers siècles ont-ils enseigné les auteurs profanes assez chrétiennement? Oui, si l'on s'arrête aux intentions, et si l'on tient compte des précautions prises; non, en ce sens qu'ils n'ont pas préparé leurs jeunes élèves à l'étude des auteurs païens par des études chrétiennes assez larges et assez solides. » M. l'abbé Antoine Bensa, *Lettre au rédacteur en chef de l'Univers*, 3e partie, 14 août 1852.

(2) *Bulla canonizationis S. Ignatii; Instit. Soc. Jesu*, t. 1, p. 119 et 123. (Prague, 1757.)

six cents colléges d'Ignace était un peu païen, quoique moins païen que les autres, l'Église ne l'aurait pas conseillé par les cardinaux qui interprétèrent, en son nom, le décret du concile de Trente concernant la réforme des colléges; elle n'aurait pas confirmé, à tant de reprises différentes, les *constitutions* où ce programme était écrit; Pie VII, après la révolution française, après trois siècles d'expérience, n'aurait pas, en ressuscitant ce programme, réparé un moule de christianisme païen. Concluons donc de cette thèse générale que le système d'instruction littéraire suivi, au XVIIe siècle, dans les colléges du corps enseignant le plus nombreux, ne fut ni païen ni commandé par l'enthousiasme de la Renaissance. Nous allons voir cette proposition confirmée par l'étude détaillée que réclame la partie pratique du débat. Car il nous reste à montrer ce que saint Ignace ordonna pour rendre les classiques païens non pas un peu moins nuisibles, mais complétement inoffensifs.

II.

La littérature païenne a deux dangers, l'un pour les mœurs, l'autre pour la foi.

Saint Ignace a consacré le quatrième livre de ses *Constitutions* à l'enseignement des colléges : c'est donc là qu'il faut chercher sa pensée.

Il définit d'abord le but des études auxquelles se livreront les jeunes religieux destinés à l'apostolat des sciences et des belles-lettres : ce but unique est la gloire de Dieu et le salut des âmes; et quant aux dangers qu'ils pourront rencontrer dans leurs études, le soin de garder *la pureté* du cœur sera leur première préoccupation. Du règlement de son séminaire de régents, ou d'école normale, comme on dit aujourd'hui, il passa à celui des colléges; et, partant toujours du même principe, qui est la gloire de Dieu, le salut des âmes et la pureté du cœur, il détermine la nature des livres qui seront la base de l'enseignement classique. Traduisons :

« Dans les œuvres littéraires du paganisme, qu'on n'explique rien qui répugne à l'honnêteté. Quant au reste, la Compagnie pourra s'en servir comme des dépouilles de l'Égypte. »

Tout ce qui répugne à l'honnêteté doit être exclu, parce que la pureté du cœur passe avant tout. Mais que faudra-t-il faire pour rendre la littérature païenne honnête et par conséquent inoffensive? Il faudra, premièrement, purifier les auteurs qui peuvent être purifiés; secondement, s'abstenir entièrement de ceux qui, comme Térence, ne peuvent pas l'être à cause de l'immoralité de leur contexture. Voilà ce saint régulateur des études d'accord avec le concile de Latran, avec la septième règle de l'*Index*, avec la pratique du saint-siége, dont nous avons déjà parlé. Son principe est simple : l'application de sa règle dépendra de la prudence des éditeurs de classiques. S'ils se trompent, qu'on les rappelle à l'injonction dont ils s'écartent.

Nous passons de la question des mœurs à celle de la foi.

Saint Ignace avait dit : Rien dans les auteurs classiques qui répugne à l'honnêteté. Parlant de la doctrine, il ajoute : « Qu'on suive dans les classes la plus solide et la plus sûre; qu'on ne touche pas aux livres dont l'enseignement ou les auteurs sont suspects. Un ouvrage bien fait attache ordinairement le lecteur à l'écrivain ; et il peut arriver de là que l'autorité acquise à l'auteur par le bien qu'il a dit serve à persuader quelque chose du mal qu'ensuite il dira. Il est rare qu'il ne se mêle pas un peu de poison aux productions d'un cœur que le poison remplit. »

Comment, partant d'un tel principe, ce législateur des colléges a-t-il pu admettre les classiques païens, qui sont remplis d'erreurs et d'impiétés, et dont les auteurs sont à la fois suspects et séduisants? Car ce sont précisément les chefs-d'œuvre et les grands maîtres de l'art antique qu'on a choisis. Comment, au moins, ordonnant, immédiatement après ce principe, de ne rien laisser d'obscène dans les livres du paganisme, n'a-t-il pas enjoint d'en retrancher aussi toutes les faussetés?

La première chose à faire avant d'étudier l'économie chrétienne de l'enseignement de saint Ignace est donc d'examiner les différences qui se trouvent entre les obscénités et la doctrine fausse des écrivains du paganisme.

Or, il y a cette première différence qu'on peut retrancher de la plupart des chefs-d'œuvre de la poésie païenne tout ce qu'ils ont de contraire aux mœurs et qu'on ne peut dissimuler tout ce qu'ils ont d'opposé à la foi. Dans ces écrivains qui invoquèrent Apollon et les Muses, toute idée poétique n'est pas voluptueuse ou impure; mais l'idéal poétique lui-même est faux, en sorte que l'erreur tient à la conception même de leurs poëmes et s'y mêle à la contexture. Ovide *expurgé* ne sera plus lascif; il demeurera le chantre des dieux et de leurs métamorphoses. Dans un choix des odes d'Horace, nous ne pourrons ôter ni Jupiter, ni les Muses, ni les Nymphes, ni Bacchus; ses épîtres et ses satires ne blesseraient plus le cœur, qu'elles pourraient encore fausser les idées. Tous les chants de Virgile sont empreints de polythéisme. On peut dire la même chose à peu près des historiens. Cornelius Nepos, Tite-Live, Tacite sont pleins de hauts faits et de maximes qui contredisent l'héroïsme et les sentiments évangéliques : pour rendre leurs tableaux chrétiens, il faudrait les refaire. Concluons donc d'abord que, sauf quelques passages faciles à enlever, il fallait ou renoncer complétement aux poëtes et aux historiens du paganisme, ou mettre leurs croyances et leur philosophie sous les yeux des enfants.

Mais il y a cette seconde différence entre le trait qui frappe l'innocence et celui qui s'adresse au jugement, que le premier est toujours dangereux et que le second souvent ne l'est pas. Le cœur est plus vulnérable que la raison. Il est rare qu'une parole impure, quand elle est comprise, ne remue pas la concupiscence; et l'on voit tous les jours de fausses maximes atteindre l'oreille sans effleurer l'esprit : plus même on les explique, quand elles sont sagement discutées, plus elles deviennent inoffensives. Voilà un principe fondé sur la nature de l'homme et confirmé par l'expérience. Il faut ajouter enfin que les enfants ont dans leur bon sens naturel et chrétien, dans la parole et l'autorité de leurs maîtres, des préservatifs contre la fausseté des maximes qu'ils n'ont pas contre l'immoralité des discours et des exemples. Un enfant croit un professeur qu'il respecte, il est longtemps sans avoir d'autres pensées que celles qu'il reçoit de lui ; mais son cœur s'éveille et s'émancipe bien des années avant sa raison.

Ces deux premières distinctions entre les dangers de l'erreur et ceux de l'immoralité expliquent comment saint Ignace, dans son plan d'études, a pu proscrire tout ce qui est de nature à blesser les mœurs, sans exclure, en vertu de la même prévoyance, tout ce qui contredit la foi. Mais il nous reste encore à dire pourquoi les fausses doctrines, dont les chefs-d'œuvre du paganisme sont pleins, furent acceptées dans un règlement qui bannit non-seulement toute phrase déshonnête, mais aussi toute doctrine erronée, ou même simplement suspecte. Cette difficulté exige une troisième distinction, qui sera tirée de la comparaison des erreurs mythologiques qui ne peuvent plus tromper des chrétiens et des erreurs philosophiques ou théologiques qui les séduisent encore.

Tant que le paganisme régna, l'Église craignit ses dangers, réfuta ses dogmes, et ne souffrit pas qu'on lût ses théogonies sans précaution. Mais quand il eut disparu des contrées soumises à l'Évangile, l'Église, n'ayant plus à redouter ses fables, devenues ridicules aux yeux de tous, tourna ses anathèmes contre les séductions de l'hérésie et de l'incrédulité.

Le concile de Trente, assemblé en pleine Renaissance, ne crut avoir que deux ennemis à combattre, le protestantisme et l'immoralité. Quant aux dieux, il s'en moqua, les laissant peupler l'imagination des poëtes, sans rien en craindre pour leur foi. Dans ses dix règles générales qui devaient servir de préface et de base à l'*Index* des livres prohibés, il condamna d'avance et sans distinction tous les ouvrages des hérésiarques, quel qu'en fût le contenu, principalement en haine de leurs auteurs. Il voulut même qu'on se méfiât des œuvres classiques éditées par les hérétiques, de leurs *lexiques*, de leurs *concordances*, de leurs recueils d'*apophthegmes* et de *similitudes*, de leurs *tables raisonnées*, bien qu'ils y eussent mis peu du leur, et qu'avant de leur donner cours parmi les fidèles, on y effaçât tout ce qui pouvait contredire la foi catholique. Puis, arrivant aux livres païens, il leur fit grâce en faveur de leur style élégant; et dans la clause relative aux enfants, où il défend l'explication des œuvres lascives du paganisme, il ne dit rien de celles où sont contenues ses fausses doctrines.

Parcourez les livres prohibés par le saint-siége depuis la Renaissance, vous y verrez huit sentences portées contre Érasme, cinq contre Laurent Valla, onze contre Voltaire; mais vous n'y trouverez rien contre les œuvres mêmes d'Homère, de Platon, d'Aristote, de Cicéron, d'Horace et de Virgile. Clément XI, ainsi que nous l'avons vu, encouragea, en 1704, la publication des *Métamorphoses* d'Ovide, annotées par le P. Jouvency, qui en avait retranché les images obscènes en y laissant les dogmes païens, en y ajoutant même son *Appendix de Diis;* et cependant le même pape, en 1709 et 1718, condamna la traduction italienne de *l'Art d'aimer* d'Ovide, parce que cet ouvrage est essentiellement corrupteur, et la *Théologie des gentils*, où le protestant Gérard Vossius traitait *de l'origine et des progrès de l'Idolâtrie.* Les vicaires de Jésus-Christ, gardiens des mœurs et de la foi des peuples, ont-ils défendu l'usage de ces dictionnaires poétiques, de ces *Gradus ad Parnassum* qui contiennent tout ce que le paganisme a dit de ces dieux? Non, quand ces apothéoses de Jupiter et d'Apollon, éditées par des compilateurs catholiques, ne renfermèrent que les anciennes fables de Rome; mais quand des auteurs hérétiques ou suspects s'en mêlèrent, leurs publications furent condamnées. On trouve dans l'*Index* le lexique grec de Scapula, et le *Dictionnaire historique, géographique et poétique* de Charles Étienne.

Saint Ignace, en proscrivant de ses colléges tout ouvrage dont la doctrine est dangereuse ou dont l'auteur est simplement suspect, pouvait donc y laisser les classiques païens, malgré les erreurs qui s'y trouvent. Il suivait en cela l'esprit du concile de Trente et la pratique de l'Église. Cette thèse est tellement évidente qu'il faudrait passer outre. Mais nous avons à produire un monument du XVIe siècle, trop remarquable et trop étroitement lié à la polémique actuelle pour l'omettre.

Nous revenons au concile de Cologne, tenu en 1549. De toutes les assemblées épiscopales de la Renaissance, aucune ne s'est plus occupée de la réforme des études classiques ; aucune du moins n'a laissé d'explication plus étendue et plus précise des décrets déjà portés à Trente sur cette matière, ou seulement projetés. Car les sessions solennelles et générales de l'Église furent, comme on le sait, plusieurs fois suspendues ; et les évêques, revenus dans leurs provinces ecclésiastiques, y tinrent des synodes pour hâter la réforme universelle de l'enseignement et de la discipline.

Le concile de Cologne mit en tête de tout la restauration des études sacrées et même profanes, c'est-à-dire théologiques et littéraires. Après avoir déterminé, comme nous l'avons vu, la nature et les limites de l'enseignement des colléges, qui ne doit pas empiéter sur celui des séminaires, il descend à l'examen des auteurs qu'on doit expliquer aux jeunes gens dans les classes de grammaire et de belles-lettres. Nous verrons dans son décret les classiques modernes distingués des classiques anciens, la condamnation des colloques d'Érasme et l'ordre de conserver les traités de grammaire et de rhétorique où les exemples sont pris des auteurs païens. Nous allons traduire :

« Il importe à la république chrétienne de choisir les auteurs qu'on doit expliquer à la jeunesse, qui est en même temps capable de devenir impie ou pieuse ; c'est pour cela que le décret de réforme a très-sagement averti de ne pas expliquer les livres obscènes, suspects ou contagieux de ces écrivains qui distillent dans l'âme tendre des jeunes gens le poison de leur perfidie et la haine de la religion et de la piété, mais de tenir aux écrivains chastes, pieux et orthodoxes...

» Répudiant les auteurs bons et adoptés par l'usage, des hommes amoureux de leur propre gloire imaginent chaque jour des nouveautés classiques, et troublent par leurs fictions les esprits des jeunes gens : c'est un abus que nous jugeons devoir défendre et empêcher. Par-dessus tout nous interdisons et bannissons, sous peine d'anathème, la lecture dans les classes de ces livres qui paraissent écrits pour séduire et entraîner dans de méchantes opinions la jeunesse qui fait et cherche tout autre chose. Tels sont certains traités de grammaire, de dialectique et de rhétorique, où les exemples sont presque tous pris des mauvais enseignements des ennemis de l'Église, afin que la jeunesse imprévoyante boive le poison des hérésies et des sectes avec la science des beaux-arts. De ce nombre sont encore certains dialogues familiers composés en haine des ordres religieux et pour jeter du mépris sur les cérémonies ecclésiastiques : leur principal effet est de gâter le cœur des jeunes gens, et de les détourner, dès l'enfance, des exercices de la piété et des règles de la vie monastique. »

Voilà un concile tenu au plus fort de la Renaissance, lorsque depuis un siècle l'enseignement classique jetait, dit-on, les générations chrétiennes dans le moule du paganisme; et, avisant au salut des générations, ce concile oublie de proscrire ce moule païen : il fait plus, il recommande les anciennes grammaires, les anciennes rhétoriques, celles d'Aristote, de Cicéron, de Quintilien, de Martianus Capella, de Cassiodore, de Despautère, alors en vogue; et tous ces traités s'appuyaient sur la littérature des païens. Il fait plus encore, il cite lui-même un vers des *Métamorphoses* d'Ovide sans craindre de se compromettre ou d'augmenter l'autorité classique des chefs-d'œuvre de Rome idolâtre. « Il arrive, dit-il, à presque tous les mortels ce qu'un poëte a prononcé : *Video meliora proboque, deteriora sequor;* » et parlant, ailleurs, de certains théologiens ignorants, il les montre présomptueux comme s'ils étaient montés sur le trépied d'Apollon.

Ce concile et tous les conciles provinciaux de cette époque mémorable, d'accord avec le concile œcuménique de Trente, conservèrent donc l'usage des classiques païens malgré la fausseté de leur doctrine. Mais afin d'élucider davantage cette difficulté, distinguons deux dangers différents dans leur explication : celui de l'idolâtrie et celui des sentences philosophiques ou morales contraires à l'esprit de l'Évangile. L'idolâtrie n'est plus à craindre; mais la sagesse des païens a des maximes et des leçons redoutables encore. Un enfant chrétien rira des dieux, tout en admirant leurs descriptions poétiques; mais il peut se prendre d'enthousiasme pour les héros et pour les philosophes de l'antiquité. L'Église n'a donc pu admettre dans les colléges les philosophes, les orateurs, les poëtes et les historiens remplis des doctrines du paganisme sans les avoir rendu complétement inoffensifs.

Il fallait opposer à ces erreurs l'action d'un

puissant et continuel antidote. L'Église l'a trouvée dans l'enseignement chrétien, qui doit prévenir tout autre enseignement et neutraliser d'avance tout poison contraire à l'Évangile. Elle veut que la doctrine chrétienne précède toute doctrine, même simplement profane; que la première pensée des enfants soit la pensée de la religion et du salut éternel; que l'enseignement du christianisme s'empare de leur esprit avant tout, et de telle sorte que tout enseignement contraire trouve la place occupée; en d'autres termes, c'est par le catéchisme et l'histoire sainte, qui nécessairement l'accompagne, que commence son instruction littéraire. Cette injonction de l'Église apparaît dans tous les conciles du XVIe siècle.

Tel fut le plan de saint Ignace. Il fit de la doctrine chrétienne la base de tout enseignement littéraire pour les maîtres comme pour les élèves, et ce n'est qu'à la condition absolue de neutraliser d'avance et perpétuellement l'action des fausses doctrines du paganisme qu'il admit l'explication de ses écrivains.

Pouvait-il en être autrement dans la pensée d'un homme qui commença son apostolat par l'enseignement du catéchisme; qui fit des catéchistes de tous ses premiers compagnons, de Xavier, brillant docteur à l'université de Paris, de Laynès, de Salméron, de Le Jay, de Canisius, orateurs célèbres du concile de Trente; qui voulut que le premier livre imprimé par sa Compagnie fût un catéchisme; qui obligea ses profès, par un vœu spécial, à l'instruction des enfants, et enjoignit aux recteurs de ses collèges de commencer leur mission littéraire par quarante jours de catéchisme, afin de leur rappeler la première de leurs obligations?

Parcourons son Institut, et nous y verrons la doctrine chrétienne en tête de tout, recommandée partout; le reste est accessoire. Le quatrième livre de ses *Constitutions* renferme, comme nous l'avons dit, ses règlements pour les colléges; il le commence par déclarer que le but de sa Compagnie étant le salut des âmes, elle n'enseigne les belles-lettres que pour aider le prochain à mieux connaître Dieu, notre Créateur et Seigneur, et à mieux le servir (1).

Mais sa Compagnie fut-elle fidèle à ses injonctions? Hors des colléges c'est évident, puisque le catéchisme de P. Canisius, imprimé en 1554, douze ans avant celui de Trente, quatre ans après la fondation du Collége Romain, est la plus ancienne méthode de ce genre; puisque de 1554 à 1675, en cent vingt et un ans, nous

(1) *Constit., pars IV, proœmium*, p. 378. (Prague, 1757.)

trouvons cent trente-huit jésuites auteurs de catéchismes différents dans toutes les langues et dans toutes les contrées ; puisque dès 1540 Paul III parle du zèle des premiers jésuites qui enseignent le catéchisme aux enfants et aux ignorants, et qu'en 1622, quatre-vingt-deux ans plus tard, Grégoire XV fait une bulle tout exprès pour louer et récompenser l'ardeur que les fils d'Ignace mettent à remplir le vœu qu'ils ont fait d'enseigner le catéchisme à l'enfance; puisque les disciples d'Ignace imprimèrent un tel mouvement religieux à l'enseignement du XVIIe siècle, que leurs catéchismes, répandus partout, eurent d'innombrables éditions. Celui de Canisius, dès 1686, en avait eu plus de quatre cents.

Tirons de là deux conséquences : la première, qu'il serait injuste d'accuser plus longtemps la fin du XVIe siècle et le XVIIe tout entier d'avoir négligé l'enseignement chrétien; la seconde, que si la Compagnie de Jésus se préoccupa avant tout de l'instruction chrétienne dans ses missions, elle dut agir de même dans ses colléges. De cette induction qu'on a contestée, passons aux faits qui la prouvent.

On a répondu d'avance que jamais on ne douta du zèle apostolique de ces instituteurs de la jeunesse, mais que, dans la polémique actuelle, il s'agit de leur programme classique, où l'étude du catéchisme n'avait par semaine qu'une demi-heure assignée, le vendredi ou le samedi. En étudiant un peu mieux ce programme, on verra que d'un bout à l'autre il est dominé par l'enseignement chrétien. Mais tenons-nous dans la difficulté présente. Il y a une double réponse à faire.

En premier lieu, on s'est étrangement mépris sur le sens de la règle qui prescrit une demi-heure, le vendredi ou le samedi, pour la *récitation* du catéchisme (1). Il s'agit ici spécialement d'un exercice de mémoire qui obligeait les élèves à apprendre, par cœur et mot à mot, les formules de la doctrine chrétienne; et l'on doit comprendre que cet exercice hebdomadaire, répété pendant cinq ou six ans, devait suffire au but qu'on s'y proposait. La règle, au reste, dit de ne pas s'en contenter, dans le cas où quelques mémoires exigeraient davantage (2). Outre cet exercice de simple récitation, il y en avait un autre pour l'explication de la lettre du catéchisme, qui se faisait en classe aussi, sans parler des instructions religieuses et catéchistiques du dimanche et des jours de fête.

(1) *Regulæ comm. profess. classium infer.*, *Reg.* 4; *Instit. S. J.*, t. II, p. 203. (Prague, 1757.) — (2) *Ibid.*

En second lieu, les catéchismes des pères Canisius et Auger étaient en latin et en grec, à l'usage des colléges; et c'est par eux que commençait l'étude des langues anciennes. Nous en avons la preuve dans l'institut même des jésuites, où cette somme des vérités chrétiennes est un des premiers ouvrages donnés aux élèves pour les initier à la langue de Démosthène et de saint Jean Chrysostôme (1). Or, on peut juger de l'usage de ce catéchisme grec dans les classes par le débit qui s'en fit chez les libraires. Celui du P. Edmond Auger parut à Paris, pour la première fois, en 1569; et l'éditeur, en huit ans seulement, en vendit trente-huit mille exemplaires dans la seule capitale du royaume. L'auteur, dans sa préface, déclarait ainsi son dessein : « Ce catéchisme, qui parut d'abord en français il y a quelques années, puis en latin, paraît enfin en grec, pour que le premier usage des langues profanes soit consacré par les jeunes gens à la doctrine céleste et au culte divin. Quel langage plus pur et quel discours plus utile peut-on mettre dans l'esprit et dans la bouche des enfants qui apprennent les premiers éléments des belles-lettres, que ceux où retentit le

(1) *Ratio studiorum : Reg. prof. mediæ classis gramm.*, *Reg.* 1 : p. 215.

nom de Jésus-Christ, où la doctrine du salut est comprise et résumée? Le principal effort des maîtres qui de nos jours instruisent la jeunesse dans les écoles doit être de lui faire commencer ses études par la piété et la religion, de lui faire acquérir par là l'éloquence et la poésie des arts humains, de telle sorte que son cœur, comme un vase pur rempli de liqueur sacrée, retienne constamment et toujours l'odeur et le parfum de la sainteté dont il fut d'abord imprégné. » Ainsi, dans le programme de saint Ignace, qui eut tant d'influence au XVIIe siècle, l'enseignement chrétien passa avant tout et domina tout. Là fut l'action perpétuelle et forte qui rendit les maximes du paganisme inoffensives. Mais dans la polémique actuelle on a quelquefois considéré autrement cette difficulté. Q'on nous permette une dernière distinction pour résumer tout ce qu'on a pu dire sur le danger des doctrines païennes et sur la manière d'y pourvoir avec plus ou moins d'efficacité.

Il y a trois espèces d'antidotes : celui qui prévient le mal, celui qui l'accompagne et le neutralise, et celui qui le suit et le répare.

Aucun maître chrétien ne voudra du troisième antidote : il serait absurde de commencer par l'enseignement païen pour le réfuter ensuite.

Le second antidote est préférable, puisqu'il neutralise le mal au moment même de son action. Il est dans l'explication du maître qui réfute les erreurs à mesure qu'elles se présentent. On l'a fait dépendre encore de la mesure inégale des classiques chrétiens et des classiques païens. Si le nombre des explications chrétiennes l'emporte, c'est le christianisme qui dominera et qui détruira le mauvais effet du paganisme.

Voilà un remède que nous avouons n'avoir jamais bien compris. Saint Ignace n'admet les auteurs païens que dans le cas où ils seront inoffensifs sous l'action du maître et par l'insensibilité des enfants eux-mêmes, que la doctrine catholique a prévenus contre les maximes erronées du paganisme et contre la séduction de leurs auteurs. Si l'on suppose le mauvais effet de ces poisons, il n'en faut ni beaucoup ni peu. Nous ne voulons pas d'autre enseignement que celui où le christianisme non-seulement domine, mais est tout. Les auteurs païens sont-ils essentiellement nuisibles à l'enfance, il faut tous les exclure : c'est la seule logique possible à des maîtres catholiques.

Ne demandons donc pas dans quelle mesure les auteurs chrétiens et les auteurs païens sont employés dans le programme que nous analysons. Il suppose le premier des antidotes, celui qui prévient le mal. Il admet bien aussi le second, qui neutralise par l'action incessante du maître, mais en s'appuyant toujours sur la supposition d'une littérature païenne inoffensive. Car, suivant l'expression de saint Jérôme, l'*expurgation* de ses saletés et l'enseignement de la doctrine chrétienne ont rogné les ongles à cette esclave du christianisme employée à l'instruction de ses enfants; et si ces ongles repoussent, le maître est là pour les couper.

En passant à l'étude des classiques chrétiens adoptés dans les colléges de saint Ignace, rappelons-nous donc qu'ils n'y figurent pas comme antidote; ils s'y trouvent comme complément nécessaire à la littérature d'un enfant chrétien.

III.

La littérature classique d'un jeune homme qui sort du collége aura dépendu de deux choses : de ses livres et de ses maîtres.

Si l'on n'a offert à son enthousiasme que des chefs-d'œuvre païens, à son imitation que des modèles païens; si ses professeurs n'ont eu d'admiration et d'éloges que pour les écrivains du paganisme, il faudra bien que son savoir et son goût littéraires soient païens, quand même sa doctrine et ses mœurs seraient chrétiennes.

Mais si, premièrement, on lui fait admirer les monuments littéraires du christianisme à ses plus beaux siècles ; si, secondement, pour mieux les faire comprendre, on les réserve à l'âge où il pourra les comparer à ceux du paganisme ; si, troisièmement enfin, ses maîtres sont pleins de la littérature chrétienne et beaucoup plus que de celle des païens, il faudra bien que sa pensée littéraire soit chrétienne.

Dans les projets actuels de réforme, on n'a guère tenu compte que des livres ; s'ils sont chrétiens, le goût des élèves sera chrétien ; donc, ont dit les uns, il faut que le nombre des classiques chrétiens dépasse celui des classiques païens ; donc, ont ajouté quelques autres, il est essentiel de préoccuper le sentiment littéraire des petits enfants eux-mêmes en tirant du christianisme les premiers objets de leur admiration classique.

Telle ne fut pas la pensée de saint Ignace ; il crut que la principale influence venait des maîtres, et sa première sollicitude fut pour eux. En traçant la partie de son plan d'études qui regardait les mœurs et la doctrine, il s'était dit : Si les professeurs mettent la foi et la sainteté au-dessus de tout, ils se préoccuperont par-dessus tout de la religion et de l'innocence de leurs élèves. De même il se dit, en traçant les règles qui regardaient la science littéraire : Si cette science dans les maîtres est toute chrétienne, celle de leurs élèves le sera nécessairement aussi. En partant de ce principe, il fonda des séminaires de professeurs avant d'ouvrir des colléges, et dans le programme d'études qu'il leur donna, il mit la science sacrée au-dessus de la science profane : la première fut essentielle, et la seconde accessoire.

Aujourd'hui on commence par ouvrir des colléges, et c'est dans l'enseignement que les professeurs acquièrent leur savoir et se forment le goût. Si tous les livres classiques y étaient païens, il y aurait effectivement grand danger de n'en voir sortir que des lettrés païens, maîtres et élèves ; car dans ce cas tout est étudiant : le professeur, qui prépare sa science de chaque année, de chaque jour, l'est quelquefois presque autant que l'écolier qu'il forme avec lui. Mais ne raisonnons point dans cette hypothèse ; ce n'est pas celle de saint Ignace. Son professeur est un homme dont la science nécessaire est acquise, dont le goût littéraire est fixé, bien qu'il puisse se perfectionner encore.

Comme cette thèse est essentielle à la partie litigieuse et beaucoup plus encore à la partie pratique du débat, on me permettra de m'y arrêter.

Un professeur formé par l'institut de saint Ignace sort du collége, sa rhétorique achevée, pour passer ordinairement par douze autres années d'études sacrées et profanes. Il a deux ans de noviciat, où tout livre profane lui est interdit : c'est le temps des études ascétiques, et là il connaît les auteurs qui ont écrit sur la perfection chrétienne, depuis saint Basile et Cassien jusqu'à saint Bernard et saint Bonaventure. Suivent cinq années d'études littéraires et philosophiques, où Homère et Virgile, Démosthène et Cicéron, Platon et Aristote ont une large part, mais à côté de Moïse et de David, de Chrysostôme et de Grégoire de Nazianze, d'Augustin, de Jérôme et de Thomas d'Aquin. Là commence son cours de régence, et l'obligation d'étudier les Pères de l'Église continue. De crainte qu'il ne les néglige, il est obligé, par une loi spéciale, de leur donner une partie de sa matinée tous les jours qu'il communie, c'est-à-dire plusieurs fois par semaine. Après cinq ou six ans de professorat, son institut le rappelle pour quatre ans aux études sacrées ; la théologie positive le force à se familiariser avec tous les saints Pères grecs et latins ; et quand toutes ces études sont achevées, un nouveau noviciat les couronne par une dernière année de méditations ascétiques.

Est-il possible qu'un professeur qui a passé

par une école normale ainsi conçue ne soit pas rempli de la littérature chrétienne, et ne voie pas, ne montre pas partout l'Évangile? Quand il expliquera les chefs-d'œuvre de Rome et d'Athènes, se fera-t-il violence pour accomplir ces conseils du P. Jouvency dans son *Traité sur la manière d'enseigner?* « Que l'interprétation des auteurs se fasse de manière que les écrivains, même païens et profanes, deviennent tous des prédicateurs de Jésus-Christ; c'est-à-dire qu'il faut tout ramener à la louange de la vertu et au blâme du vice; faire valoir ce qui est conforme à l'honnêteté, et condamner ce qu'on lui trouvera contraire. »

Nous ne passerons pas le temps à compter dans le programme de saint Ignace combien de fois il parle de l'étude des saintes Écritures et des Pères de l'Église; il nous suffira de dire que la littérature chrétienne y est le fondement de tout, y est recommandée à chaque page; que la littérature profane n'y paraît que comme un accessoire dont on se passerait s'il n'était nécessaire à la gloire de Dieu et au salut des âmes. En voici la preuve : ce fondateur des premières écoles normales qui aient paru dans le monde *veut* qu'on étudie et qu'on enseigne la doctrine chrétienne; il le répète en cent endroits différents, et quand il arrive aux auteurs païens, changeant d'expression, il dit qu'après avoir purifié ces dépouilles de l'Égypte, sa Compagnie *pourra s'en servir, — uti poterit.*

Ce n'est que la conséquence du principe qu'Ignace a mis en tête de son plan d'études. « Puisque, dit-il, le but de la doctrine qu'on acquiert dans cette Compagnie est de procurer son propre salut et celui des autres, c'est là qu'il faut chercher la mesure qui réglera le nombre des étudiants, le temps et la nature de leurs études. » Or, comme dans l'ordre du salut la science chrétienne passe avant tout, c'est par elle qu'il commence et finit toutes ses recommandations. Après avoir ordonné, conséquemment à son principe, de se livrer avec plus d'ardeur, dans ses colléges, à ce qui procure plus directement et plus efficacement la gloire de Dieu et de son Église, et par conséquent à l'étude de la théologie, de l'Écriture sainte et des saints Pères, il ajoute, dans une note, que si le temps avait manqué à certains esprits pour lire les décrets des conciles et du saint-siége, les ouvrages des saints docteurs, il faudrait y suppléer par des études privées (1).

Mais, comme rien ne prouve mieux l'esprit et la puissance d'un règlement que son application, passons de la lettre de ce programme de saint Ignace à l'histoire de ses succès. Elle est facile à constater, et la démonstration sera courte.

(1) *Constitut., declar. B.*

On a dit que les collèges des ordres religieux eux-mêmes, entraînés fatalement par le mouvement général de la Renaissance, avaient sacrifié la littérature ecclésiastique à la littérature païenne. Opposons des faits à des assertions et l'autorité des chiffres à celle des conjectures.

Prenons un siècle, et comparons le nombre des professeurs qui éditèrent des auteurs païens à celui des professeurs qui ont édité des ouvrages chrétiens et des monuments ecclésiastiques. De 1554 à 1675, je trouve parmi les écrivains de la société la plus adonnée à l'enseignement 501 éditeurs de traités ascétiques, 164 de méditations et de prières, 764 de biographies saintes et pieuses, 100 éditeurs de saints Pères, donnant 237 éditions de Pères grecs et latins, la plupart tirées des manuscrits; 150 sermonnaires, 158 auteurs de catéchismes, 146 historiens ecclésiastiques, 280 commentateurs de l'Écriture sainte, dont le plus grand nombre imprimèrent plusieurs in-folio; en tout 2,243 éditeurs d'ouvrages ou de monuments chrétiens à opposer à 28 éditeurs de classiques païens. La conclusion est facile. Non, ces hommes-là n'oublièrent pas la religion et la littérature chrétienne pour se jeter dans l'étude du paganisme (1).

(1) Je n'ai pas fait entrer dans ce calcul les auteurs de théologie scolastique, morale et polémique, qui, dans le même

Il faut cependant avouer que cette argumentation par des chiffres serait inexacte si la Compagnie de Jésus avait été séparée en deux catégories d'hommes dont les uns se seraient préoccupés d'études classiques et les autres d'études théologiques et pieuses ; car, dans ce cas, l'apologie de son zèle apostolique ne serait pas celle de son zèle littéraire. Mais son institut et son histoire proclament la fusion de ses membres. Tout jésuite commence par l'enseignement des belles-lettres ; les exceptions sont rares. En sorte que, d'une part, ses deux mille deux cent quarante-trois éditeurs d'ouvrages chrétiens furent, pendant plusieurs années et souvent jusqu'à la mort, professeurs de grammaire, de poésie et d'éloquence, et que, d'une autre part, ses vingt-huit éditeurs de classiques païens furent eux-mêmes des commentateurs de la Bible et des éditeurs des saints Pères.

C'est ainsi que les trois éditeurs de Martial fu-

espace de temps, furent au nombre de 588. Suarès, à lui seul, écrivit 23 volumes in-folio. Leurs ouvrages étaient étrangers à l'enseignement littéraire des colléges ; il n'en était pas de même des livres ascétiques, des méditations, des eucologes en latin et quelquefois en grec, des catéchismes, des sermonnaires, des histoires ecclésiastiques, des commentaires de l'Écriture sainte et des éditions des saints Pères. Voilà la littérature qu'on réclame pour christianiser l'enseignement classique.

rent, en 1558, André Frusius, secrétaire de saint Ignace et traducteur latin de ses *Exercices spirituels*, écrits en espagnol ; en 1568, Edmond Auger, le fléau du calvinisme en France et l'auteur du catéchisme grec à l'usage des jeunes hellénistes ; en 1627, Matthieu Raderus, auteur aussi de notes sur Quinte-Curce et sur trois tragédies de Sénèque, mais qui publia les *Actes* du huitième concile œcuménique, le *Viridarium Sanctorum*, la *Chronique d'Alexandrie*, deux éditions de saint Jean Climaque qu'il avait traduit, deux histoires de la *Bavière sainte* et de la *Bavière pieuse*, la *Sainte Cour de Théodose le Jeune et de sainte Pulchérie*, tirée des manuscrits grecs et latins, et cinq ou six autres ouvrages pieux.

C'est ainsi qu'un des plus laborieux éditeurs de classiques païens fut André Schott, jésuite belge, qui enrichit de notes les vies de Cornelius Nepos, l'histoire d'Aurelius Victor, la géographie de Pomponius Mela, les déclamations de Sénèque le rhéteur, et fit quatre ouvrages sur Cicéron. Mais ce jésuite, qu'il faudrait mettre à la tête des corrupteurs de l'enseignement au profit du paganisme et de ces hommes qui ont sacrifié la littérature de l'Église à celle de Rome et d'Athènes, édita la *Bibliothèque* de Photius, les œuvres du bienheureux Ennodius, de saint Basile le Grand, de saint Cyrille d'Alexandrie, de saint Grégoire le Thaumaturge, et mit pour sa part dans les in-folio de la *Bibliothèque des Pères*, imprimée à Cologne en 1618, vingt-cinq publications d'anciens auteurs chrétiens. Je passe sous silence tous ses autres écrits sur des sujets religieux; leur nombre étonnera quiconque voudra parcourir le catalogue de ses ouvrages. Et ce religieux, ami des belles-lettres, voulut mourir en formant des professeurs de grammaire, de poésie et de rhétorique. A soixante et dix-sept ans il apprenait encore à ses jeunes frères, futurs régents, les langues d'Homère et de Virgile; et ce fut dans l'interprétation chrétienne des chefs-d'œuvre du paganisme qu'il attendit, au collége d'Anvers, en 1629, la récompense d'une vie pleine de travaux littéraires et apostoliques.

Jacques Pontanus publia des commentaires sur Virgile et sur Ovide; il professa les belles-lettres pendant vingt-sept ans; il passe pour le fondateur des études littéraires de la Compagnie de Jésus en Allemagne. Mais, loin d'être absorbé par la littérature profane, il mettait celle de l'Église avant tout. On peut en juger par ses éditions d'auteurs ecclésiastiques que leur grand nombre nous empêche d'énumérer ici; on les trouve indiquées dans la *Bibliothèque* des écrivains de son ordre.

Est-il besoin de dire que le P. Petau enseigna les belles-lettres pendant onze ans, le P. Fronton-du-Duc pendant huit ans, et le professeur de rhétorique de saint François de Sales, le P. Sirmond, pendant dix ans? Contentons-nous de ces noms, célèbres entre tous les autres, pour faire comprendre qu'au XVIIe siècle l'étude des auteurs païens ne fit pas négliger celle des saints Pères.

Et nous pourrions croire que des professeurs pleins de la littérature ecclésiastique purent l'oublier dans leur enseignement; que des hommes qui consacrèrent leurs veilles à illustrer les écrits des saints Pères n'eurent d'admiration que pour le paganisme, ne communiquèrent à leurs élèves du goût que pour les écrivains de Rome et d'Athènes; qu'ils firent pâlir la langue et les monuments de l'Église? Renouvelons leurs travaux, reprenons leur ardeur et leur érudition sacrée, avant d'avoir le droit de juger si sévèrement la méthode qui les a formés.

Voici pourtant ce qu'on a dit : « La Renaissance arrive. On ne voit plus que les païens de Rome et d'Athènes; on dévore leurs ouvrages; on les exalte jusqu'aux nues; on ne connaît plus pour l'humanité que deux siècles de lumière, le siècle d'Auguste et le siècle de Périclès..... On s'empresse de préparer un moule parfaitement païen, et on y coule les jeunes générations. Arrière les classiques chrétiens, les Actes des martyrs, les Écritures, les Pères de l'Église qui avaient formé leurs aïeux ! L'histoire des dieux de l'Olympe, les fables de Phèdre et d'Ésope, Quinte-Curce, Ovide, Virgile, Horace, Homère, Xénophon, Démosthène, Cicéron, Aristophane, voilà désormais les modèles exclusifs des jeunes chrétiens, des fils des chevaliers et des martyrs. Depuis trois siècles on n'a rien négligé pour nous faire à l'image des Grecs et des Romains... En conséquence, le christianisme, dédaigné ou dénigré dans ses monuments artistiques, littéraires, philosophiques, n'est plus entré dans l'enseignement littéraire de la jeunesse que dans la proportion de un à dix, et même moins. Tout ceci... est de notoriété publique. »

Nous ne répéterons pas que le moyen âge n'étudia le latin ni dans l'Écriture sainte ni dans les Actes des martyrs; que ses auteurs classiques furent les écrivains du siècle d'Auguste : c'est une chose trop bien prouvée pour y revenir. Contentons-nous d'examiner si l'enseignement des jésuites oublia, au XVIIe siècle, l'étude du christianisme et de sa littérature.

Du programme des écoles normales nous arrivons à celui des colléges, de la science des maîtres à celle des élèves.

Saint Ignace s'était contenté de dire dans son plan d'études : « Rendons les auteurs païens inoffensifs ; nous le pouvons de deux manières, en leur enlevant leur immoralité par une *expurgation* complète, et en rectifiant leurs erreurs par une éducation complétement chrétienne. » Quant aux classiques chrétiens proprement dits, il les supposa sans doute ; mais nulle part ses Constitutions n'en font une mention expresse. Il se contenta de dire dans une note : « Il conviendra de dresser pour les classes d'humanités le catalogue des livres à admettre ou à rejeter (1). »

Ce catalogue, dont il avait seulement indiqué le principe, fut fait dans le *Ratio studiorum*, sous le généralat du P. Claude Aquaviva.

Ne parlons plus des classiques païens qui s'y trouvent, comme base de l'enseignement grammatical. Ne nous occupons ici que du choix, du nombre et de la place des classiques chrétiens.

La littérature des Pères grecs et celle des Pères latins fut et devait être jugée différemment. Il s'agissait de modèles, et l'éloquence latine tomba plus vite que l'éloquence grecque. M. Foisset en a fait la remarque dans sa lettre du 20 août dernier ; et ce fait d'histoire littéraire est trop connu

(1) *Constit.*, pars IV, c. V, *declar.* E ; *Instit. Soc. Jesu*, pag. 385. (Prague, 1757.)

pour le prouver ici. Les Pères de l'Église d'Orient s'emparèrent des richesses d'Athènes, dont la langue florissait encore; les Pères de l'Église latine les plus célèbres, saint Jérôme et saint Augustin, arrivèrent trop tard pour faire passer dans leur style toute la pureté du langage de Rome, qui s'était altéré. Le *Ratio studiorum* admit donc les Pères grecs et les latins avec une mesure différente, et leur assigna, dans l'économie des études, une place très-distincte.

Dans les classes de troisième, de seconde et de rhétorique, nous trouvons saint Jean Chrysostôme, saint Grégoire de Nazianze, saint Basile, Synesius et *autres semblables,—et ex horum similibus,*—au nombre des auteurs classiques, et nous n'y rencontrons ni saint Léon, ni saint Augustin, ni saint Jérôme, ni les autres Pères de l'Église latine. Ils eurent leur place ailleurs, non parmi les classiques, mais parmi les livres de lecture. Or, la lecture faisait alors partie de l'enseignement. Ceci a besoin d'explication.

Notre système actuel d'éducation ne nous représente, dans la plupart des colléges, que la méthode adoptée par saint Ignace. Nos classes achevées, nous envoyons les élèves à l'étude, et toute la préoccupation des maîtres passe aux surveillants. Autrefois il n'en était pas ainsi. Le professeur était encore régent hors de sa chaire, dans les académies, dans les entretiens fréquents qu'il devait avoir avec ses élèves, dans la direction et la surveillance continuelles de leurs lectures; et c'est dans ce supplément aux classes que les jésuites avaient mis l'étude des Pères latins.

Le P. Jouvency a, dans son *Ratio docendi*, une phrase remarquable, qui ne paraît pas avoir été suffisamment comprise. « Il faut, dit-il, distribuer de temps en temps aux élèves de pieux livres pour récompenser les plus diligents, pour témoigner de la bienveillance et exciter à la vertu; mais il faut montrer la manière de les lire utilement et de les méditer; il faut de plus exiger que les élèves rendent compte de leurs lectures (1). »

Ce conseil n'était que le commentaire d'une règle du *Ratio studiorum*, ainsi conçue : « Que tout régent recommande fortement à ses élèves la lecture des livres spirituels, celle surtout de la Vie des Saints; qu'au contraire non-seulement il s'abstienne en classe d'expliquer les écrivains impurs, et absolument tout ouvrage où se trouve quelque chose qui puisse nuire aux bonnes mœurs, mais qu'il détourne aussi ses élèves, au-

(1) C. I, art. 3.

tant qu'il le pourra, de la lecture de ces ouvrages hors de classe (1). »

On n'a vu que le côté pieux de cette règle et de cette méthode : quelques détails bibliographiques vont nous montrer leur côté littéraire, en indiquant la nature de ces livres spirituels, dont le professeur encourageait et surveillait la lecture. On verra que saint Augustin, saint Jérôme, saint Cyprien, Lactance, saint Ambroise, saint Eucher et les autres écrivains ecclésiastiques latins s'y trouvaient.

Le P. Canisius imprima dès 1565, pour les élèves de Dillingen, trois livres des *lettres choisies* de saint Jérôme, édition reproduite à Louvain, à Anvers, à Paris, et dont les bénédictins ont fait le *Tullius christianus*.

Le P. Alexandre Fichet imprima à Lyon, en 1617, son *Favus Patrum*, dédié aux congréganistes de la Compagnie de Jésus, in-24 de mille quatre-vingts pages, où figurent saint Ambroise, saint Cyprien, saint Eucher, saint Hilaire, saint Jérôme, Lactance, Salvien. Le discours grec de saint Basile *aux jeunes gens, sur la lecture des livres païens*, termine cette collection littéraire, qui, suivant le vœu et l'expression de son au-

(2) *Regulæ communes profess. class. inferiorum. Reg.* 8; *Instit. Soc. Jesu*, t. II, p. 205.

teur, doit rendre *la piété éloquente et l'éloquence pieuse.*

On rencontre dans le catalogue des écrivains de la Compagnie de Jésus des volumes donnés en présent ou pour étrennes, *in xenium, in strenam oblata,* aux académiciens et aux congréganistes studieux, afin de les initier à la connaissance des saints Pères et de la sainte Écriture; et les préfaces de quelques-uns de ces livres indiquent que, dans certaines contrées, l'usage était de renouveler chaque année ces dons pieux et chrétiens.

Pour mieux apprécier la sagesse et la puissance de ce système d'études qui, mettant chaque chose à sa place et ne négligeant rien, réserva pour les études privées des congréganistes et des académiciens les écrivains ecclésiastiques moins parfaits, rappelons-nous qu'alors les congrégations et les académies, beaucoup moins restreintes qu'aujourd'hui, renfermaient la plus grande partie des élèves.

Cette place, ce choix, ce nombre des auteurs chrétiens adoptés dans les anciens colléges de la Compagnie de Jésus, ne répondent pas à tout ce qu'on demande depuis un an pour christianiser les colléges. Et cependant saint Ignace aussi voulait un enseignement chrétien, exclusivement chrétien. Allons-nous, pour fortifier notre thèse, recourir à tous les livres classiques français qui doublèrent le nombre des classiques chrétiens latins et grecs? On l'a fait pour justifier les colléges actuels, et cette manière d'argumenter a une valeur incontestable. Mais il y a dans nos débats une différence de principes qui empêchera toujours de s'entendre dans la pratique. Ne discutons plus pour savoir si nous adopterons quelques classiques chrétiens de plus ou de moins; que chacun s'en tienne aux conséquences de son principe et les adopte franchement, sans s'embarrasser des exigences d'une thèse qui n'est pas la sienne.

Le premier principe, qui est celui de saint Ignace, qui fut aussi celui du XVIIe siècle, suppose la possibilité d'enseigner la littérature païenne sans enseigner le paganisme. Sa Compagnie n'admet donc pas l'explication de l'Écriture sainte et des saints Pères pour christianiser son éducation classique, mais pour la compléter par la connaissance littéraire des chefs-d'œuvre de la poésie et de l'éloquence chrétiennes. Leur nombre, leur choix, leur place furent pour elle une question de littérature, et non de religion. Elle commence par faire des chrétiens à l'aide de la doctrine chrétienne mise en tête de tout, et qui se retrouve partout, dans ses catéchismes, dans ses instructions des samedis, des dimanches et des fêtes, dans ses congrégations, dans ses pieux entretiens, dans la pratique fréquente des sacrements, dans l'explication même de ses auteurs profanes, confiée à des hommes remplis du christianisme et de sa science.

Le choix des classiques chrétiens et des classiques païens n'étant plus qu'une affaire de convenance littéraire, leur valeur devait seule déterminer leur nombre et la place qu'ils occuperaient dans la distribution des études. Or, tout livre a deux valeurs, celle de l'expression et celle de la pensée. L'expression des siècles d'Auguste et de Périclès étant incontestablement supérieure à celle de la décadence latine et grecque, il fallait admettre les anciens écrivains de Rome et d'Athènes pour les classes de grammaire, où s'apprennent les langues. Mais la pensée des saints Pères étant plus haute et plus pure, quoique exprimée dans un langage moins élégant et moins correct, il fallait des classiques chrétiens dans les classes où se forment les pensées poétiques et oratoires, en seconde et en rhétorique. La Compagnie de Jésus fit même davantage, elle les admit dès la troisième, c'est-à-dire aux limites de la poésie. Rappelons-nous, en outre, que son cours littéraire ne durait que cinq ans, et nous la verrons mettre saint Jean Chrysostôme entre les mains de ses élèves dès l'âge de onze ou douze ans, puisqu'elle le plaça en troisième (1).

Mais pourquoi le *Ratio studiorum* des collèges de saint Ignace n'a-t-il pas pris l'Écriture sainte pour fondement de l'enseignement chrétien? Pourquoi, mettant l'explication du catéchisme grec dès la seconde année de ses études, n'a-t-il pas placé de même les livres de l'Ancien Testament et du Nouveau au nombre des classiques?

Mettons à part les conciles provinciaux qui l'avaient défendu au temps de saint Ignace (2). Supposons que le danger des explications littérales de la Bible dans les classes de grammaire n'existe plus aujourd'hui, et demandons-nous s'il n'est pas mieux, dans l'intérêt de la religion, de réserver l'étude des pages sacrées aux heures sacrées de la semaine, d'habituer les catholiques, dès leur enfance, à mettre ce dépôt divin dans un sanctuaire.

Ce respect pour l'Ancien Testament et le Nouveau a distingué, depuis le XVIe siècle, nos colléges des gymnases luthériens. Un écolier d'Allemagne interprète la Bible, un écolier de France, d'Italie et d'Espagne ne le fait pas; et, s'ils se rencontrent, cette seule différence sera

(1) *Ratio studiorum, Regulæ professoris supr. classis grammaticæ; Instit. S. J.*, t. II, p. 215.

(2) *Des ét. class. et des ét. prof.*, p. 180 et 181.

pour les enfants catholiques un signe extérieur d'orthodoxie.

Mais pourquoi le *Ratio studiorum* des jésuites a-t-il préféré la langue latine du siècle d'Auguste à celle de l'Église? Car il a dit, en parlant du style latin, qu'il fallait l'étudier dans Cicéron plutôt que dans saint Jérôme, dans saint Augustin ou dans la Vulgate : *Stylus ex uno fere Cicerone sumendus est* (1). Nous renvoyons pour la réponse aux excellentes remarques de M. Foisset sur les classiques latins de M. l'abbé Gaume. Cette supposition d'une latinité ecclésiastique, ayant une syntaxe à part, est une de ces pieuses chimères qui ne séduiront pas longtemps (2).

Ajoutons sommairement, 1° que s'il existait une langue latine créée par les saints Pères, il faudrait éditer sa syntaxe et sa grammaire raisonnée avant d'imprimer ses classiques; 2° que le latin des saints Pères a réellement des nuances qui ne sont pas romaines, mais plutôt gauloises et surtout africaines, venues de l'invasion des littérateurs étrangers qui altérèrent l'antique pureté du langage; 3° qu'étudier le latin dans ses sources les plus poétiques et les plus

(1) *Regulæ profess. rhet.; Inst. S. J.*, p. 208.

(2) Voyez *l'Ami de la Religion*, 2 septembre 1852; et *l'Univers* du 20 août.

pures, c'est faire ce qui, pendant trois siècles, s'est pratiqué dans toutes les contrées catholiques avec plus d'ardeur et de succès que dans les contrées luthériennes; 4° que commencer par apprendre le latin du siècle d'Auguste, ce n'est pas renoncer à l'intelligence de la latinité des siècles de saint Léon, de Charlemagne et de saint Louis. Le XVIIe siècle, qui sut mieux que nous la langue de Cicéron, comprit mieux aussi celle des saints Pères, de la théologie scolastique et de nos archives. Rappelons-nous ses éditions et ses Glossaires de la basse latinité. Nous avons bien sur ce point quelque chose et même beaucoup à faire, puisque la latinité littéraire s'en va de plus en plus, puisque, par suite, le latin du moyen âge, le latin de la théologie et de nos monuments historiques va disparaissant aussi.

FIN.

CONDITIONS D'ABONNEMENT AUX PRÉCIS HISTORIQUES.

Tous les mois, 2 petits volumes in-18. — La *Collection* d'une année formera donc **24** livraisons. — 5 fr. pour une année. 5 fr. 50 par la poste, pour la Belgique. — 5 fr., plus l'affranchissement, pour l'étranger.—Chaque petit vol. de **36** pages se vend aussi séparément, 25 centimes; 15 fr. le cent.

Opuscules de la Collection.

ONT PARU AU 15 OCTOBRE 1852 :

Les trois Martyrs du Japon, de la Compagnie de Jésus.

La Confession est-elle une invention des prêtres, publiée au XIIIe siècle? Extrait du P. Scheffmacher.

Épisode de la déportation des prêtres en 1794. Récit fait par un de ces déportés.

Sagesse de l'Eglise dans la Béatification et la Canonisation des Saints. Exposé des procédures et des cérémonies. (Deux livraisons.)

Opinions sur l'Origine des Béguinages belges, par Éd. T.

Influence sociale de la Semaine Sainte. Extrait des conférences de Monseigneur Wiseman.

Coup d'œil sur l'histoire de la Réforme du XVIe siècle, par l'auteur de *Mes doutes*.

Lorette ou Translation de la Santa Casa. Extrait de l'abbé CAILLAU.

Un Concile. Extrait de Bergier.

Des Services que l'État religieux a rendus à la société.

Salazar, ou la Chapelle expiatoire du très-saint Sacrement de Miracle, à Bruxelles, par Éd. T.

Le Saint Concile de Trente. Extrait de Bergier.

Les neuf premiers Compagnons de saint Ignace de Loyola. Extrait des *Tableaux du Père d'Oultreman, S. J.*

Un mot sur l'éducation révolutionnaire, par Éd. T.

De l'Origine des Croisades, au point de vue philosophique, par Éd. T.

Le Dimanche, au point de vue social.

De l'enseignement classique et chrétien du XVIIe siècle, par Arsène Cahour, S. J,

PARAITRONT :

Principes sur lesquels s'appuient les historiens apologistes pour défendre l'Église.

De la Tradition.

Le Déisme et la Révélation.